AF240102

LETTRE

A LA

GRECQUE.

1764

LETTRE

A LA

GRECQUE.

A L'ISLE DE TENEDOS,

Et se trouve à PARIS,

Chez GUILLYN, Libraire, Quai des
Auguſtins, au Lys d'or.

M. DCC. LXIV.

LETTRE

A M. ***

SUR SON PROJET

DE SALLE D'OPÉRA.

Vos idées sont charmantes, Monsieur, votre Salle d'Opéra sera la plus jolie de toutes les Salles connues. J'ai fait voir le dessein & la petite description que vous m'en avez envoyée à plusieurs gens de gout, qui en sont enchantés. Votre forme Grecque tourne la tête à toutes les femmes. L'Opéra est leur Spectacle favori : c'est le seul où l'on représente vraiment le triomphe de leurs charmes & de leurs agrémens ; jugez combien elles seront

aises quand elles pourront voir, entendre & être vues.

Vous avez bien fait de placer ce
Spectacle où il étoit; car, tout bien
considéré, qu'est-ce que cela fait au
Public que l'Opéra soit dans la rue
S. Honoré ou dans une autre rue ?
Rien. D'ailleurs, en abattant assez
de maisons pour faire une grande
place devant, & en faisant, comme
vous faites, des remises de toutes les
boutiques, depuis S. Roch d'un bout,
& depuis l'Oratoire de l'autre, pour
que les équipages qui attendent leur
Maître n'embarrassent plus la rue :
vous parez à l'inconvénient qu'il y
avoit, & rendez plus que jamais les
entrées de l'Opéra faciles.

Il est très bien imaginé aussi de faire
prendre un billet de remise en même-
tems que le billet de loge, & de donner à chacun un numéro pour faire

appeller fa voiture à la fortie fans être
obligé de nommer les domeftiques &
le Maître par leurs noms. Il y a des
gens que cela empêche de fortir des
premiers. On pourroit encore louer
beaucoup de ces remifes à l'année.

Cet arrangement, outre fon utilité, produira un coup - d'œil très
agréable : tous ces chevaux rangés en
haie des deux côtés de la rue forme-
ront des avenues d'un gout pitto-
refque.

La difpofition de vos loges en am-
phithéâtre eft auffi un coup de Maître. Vous avez levé très adroitement
la difficulté d'y faire entrer fans corridors, en faifant monter & defcen-
dre à volonté les fonds de ces loges,
par le moyen des contrepoids aiman-
tés que vous avez trouvé pour cela.
Ces enlevemens plairont beaucoup
aux Dames qui ne feront plus obli-

gées de se faire soutenir par leurs
écuyers & leurs grands laquais, dans
des escaliers où les faux pas sont dan-
gereux.

L'idée de donner au premier rang
toutes les commodités d'un joli bou-
doir est fort bonne. Ces loges, desti-
nées de tout tems aux personnes les
plus distinguées par leur qualité, ou
par leur opulence, demandent cela.
Quand il y aura un lit de repos, garni
de coussins bien molets, des glaces,
un tapis, des pots pourris, &c,
les Dames pourront venir à l'Opéra
avec leur migraine & leurs vapeurs.
Je trouve, comme vous, très néces-
saire de faire faire un réglement pour
que, passé le jour de la nôce, les maris n'aient plus de place dans ces loges, cela fait bâiller tout un Spectacle.

C'est penser à tout que de fournir

aux agréables , qui prétendent à la belle jambe , un moyen de la faire voir. La liberté qu'ils auront de mettre leurs pieds fur le devant de la loge , en prenant au Bureau un billet de fat , les attitera tous à l'Opéra , & je fuis fûr qu'il y aura des jours où l'on doublera la recette.

C'eft encore une idée d'or de faire des places diftinguées pour les filles entretenues qui veulent être remarquées , & je ne vois rien de mieux que ces efpeces de wouftes, ou chevaux de bois que vous placez au-deffous des premieres loges , où elles feront à califourchon : il pourroit même y avoir place en croupe , pour leurs Amans , fi elles le vouloient.

Votre Parterre à la Grecque eft une chofe fublime ; on n'a jamais rien imaginé comme cela. Ces deux planchers , l'un pour pofer les pieds , &

A v

l'autre percé de trous comme une écumoire ; & de formes propres à passer toutes sortes de têtes, grosses têtes, petites têtes, têtes chevelues ; têtes à perruques, têtes chauves, têtes à longues oreilles, &c, dénotent bien que la vôtre est pleine d'une imagination très fertile. Quel bien il résultera de cela pour tout le Spectacle ! 1° Il n'y aura jamais de monde au Parterre, qu'autant qu'il y aura de troux pour voir. 2° En mettant à chaque trou un nœud coulant, dont le bout réponde à la sentinelle, on empêchera aisément ces causeurs & ces fredonneurs insupportables, d'interrompre leurs voisins. 3° Tous ces corps échauffés étant couverts par ce premier fond, vous évitez au reste des spectateurs, & sur-tout à nos femmes délicates, ces exhalaisons fades qui leur portent à la tête & au cœur.

4° Vous diminuez infiniment le bruit de ces battemens de mains, de pieds & de cannes, qui rompt la tête & empêche d'entendre. Enfin vous évitez encore ces flux & reflux, à la faveur desquels les montres & les boëtes d'or changent de poches & de propriétaires.

Tout le monde s'empare déja de vos loges perdues ; avec moins d'une aune de gaze, voir sans être vu, & faire ce que l'on voudra ! C'est un Pérou pour l'Opéra. Que d'Abbés, que de dévotes & de femmes dont les maris sont jaloux tireront le rideau sur eux & sur l'Opéra. Mais c'est une embarrassante idée de la Police de vouloir que les hommes & les femmes ne puissent y être ensemble sans préalablement se laisser enduire les mains avec de la poix. Ce seroit ôter tout l'agrément, la commodité & le bénéfice

A vj

considérable de ces loges pour un lé-
ger scrupule.

Votre Théâtre, placé en face des
spectateurs, comme chez les Grecs &
les Romains, qui n'avoient point de
jeux de paulme pour donner leurs
Spectacles, est une chose duë à la forme ronde que vous avez choisie ; mais
l'idée est neuve de supprimer l'orchestre & de le rendre ambulant comme
les chœurs. Ce sont-là de ces coups
hardis qui ne sont réservés qu'aux
grands hommes. Combien l'illusion
gagnera à cela ! Quel bon effet pro-
duiront ces chœurs de démons & sym-
phonies infernales, qui s'échapperont
par le devant du Théâtre ! On croira
être au sabat ; & que ces bruits sor-
tent des entrailles de la terre.

Lorsqu'il sera question de combats,
de marches d'armée, de concours de
peuples, fêtes publiques, &c. l'oreille

me sera point surprise, ni la rai
étonnée d'entendre les sons des ins
mens & des voix dans la mêlée.
donnant aux Musiciens, comme
chœurs, des habits selon le costun
l'œil même sera trompé.

S'il faut imiter des bruits dans
airs, comme sifflement des ven
orages, apparitions de Divinité
Concerts d'Oiseaux, &c. on enve
l'Orchestre jouer au ceintre. J'avo
que dans les commencemens on au
un peu de peine à accoutumer Mrs
Musiciens à cette nouveauté, & si
tout Mlles des chœurs qui ne voudr
pas se donner ce mouvement-là. Ma
avec une Salle neuve, il faut des méth
des neuves; & si ces Demoiselles fo
trop les difficiles, on aura aussi des F
les toutes neuves, & plus dociles, q
se prêteront mieux aux plaisirs du P
blic.

On voit que votre œil & votre gé-
nie pénétrent, dans tout le secret
des choses en considérant ces jolies
loges en baignoires, que vous placez
à fleur du Théâtre : c'est le gout de
nos riches & caduques voluptueux de
regarder les Actrices en - dessous ; &
quoique ces Dlles leur donnent tant
qu'ils veulent ce plaisir-là en ville,
ils aiment mieux le prendre à l'O-
péra.*

Ce que vous avez imaginé pour que
l'Acteur, qui est sur la Scene, n'ait
plus qu'à jouer & chanter de son
mieux, sans s'embarasser de la pro-
nonciation, mérite pour le moins au-

---

* On pourroit ajouter encore à leur commodité,
en les construisans de maniere que l'été elles puissent
servir de Baignoire véritable. Il seroit très agréable de pouvoir se rafraîchir & voir l'Opéra. La
Musique Françoise toute seule ne rafraîchissant pas
assez.

tant d'éloges ; c'eſt une choſe dont le Public vous ſaura gré : les places ſont cheres, & ce qu'il en coute encore en livres d'Opéra, le dégoute de ce Spectacle. Au lieu qu'en faiſant ſuſpendre au deſſus de chaque Acteur & Actrice des tranſparens, où ſeront écrites, en gros caractere, les paroles qu'ils chantent, le Public alors aura continuellement les yeux fixés ſur le Théâtre, il ne ſera plus à tous momens diſtrait de l'action pour voir dans ſon livre ce que l'Acteur dit, il lui en coutera beaucoup moins ; & nos Acteurs & Actrices pourront nous ſervir encore long-tems.

L'uſage eſt de faire nos Théâtres petits, & toujours embarraſſés de couliſſes ; vous réformez l'uſage, & le faites grand, vaſte & ouvert de toutes parts. C'eſt infiniment mieux. Au moyen de cela on pourra faire des

Opéra nouveaux, ou au lieu de cés Héros de l'Antiquité, qui sont toujours les mêmes, & qui viennent toujours à pié, on jouera les nôtres, & on les fera arriver sur la Scene en Diable & en Cabriolet. On les verra sur leur passage accrocher un Fiacre, renverser un Porte-faix, un Vieillard ; plus loin culbuter la boutique d'une Fruitiere, écraser ses pommes, ses œufs, ses salades ; & pour tout paiement, à la femme qui crie, détacher un coup de foüet avec grace.

Pour les Décorations vous employez la Nature même, c'est affranchir les yeux & l'imagination des Spectateurs de toute indulgence. Au moyen de ce réservoir immense que vous placez au dessus de la Salle, les chûtes d'eau, les Cascades, les Rivieres, la Mer même ne couteront plus que la peine de tour-

ner le robinet. Quelle différence de
voir cette eau couler, d'entendre son
murmure, & de voir un Vaisseau vo-
guer sur l'élément même ; au lieu de
voir une planche de sapin balancer ri-
diculement entre des tas de chiffons
argentés! L'Eté ces eaux porteront dans
toute la Salle une fraîcheur admirable,
qui fera croire que l'on est effective-
ment au bord d'un rivage. L'hiver pour
qu'à son passage elle n'enrhume point
les Acteurs, ni les Spectateurs, vous
mettez des Cilindres dans le réservoir
pour la faire chauffer. On ne peut
rien de mieux. Il faudra seulement
avoir l'attention de crier gare l'eau,
dans la rue St. Honoré, quand on la-
chera la mer, les cataractes, &c.

Un double agrément de ce Réservoir, c'est de pouvoir en moins d'une
minute innonder toute la Salle, si le
feu prend à quelque chose; cela rassure-

ra beaucoup nos Femmes, qu'un rien effraie, & fera auſſi qu'il entrera dorénavant dans l'éducation des jeunes Gens & des Demoiſelles bien nées, d'apprendre à nâger, afin de pouvoir ſe tirer plus aiſément d'affaire dans ces occaſions; quoiqu'il ſoit plus doux de ſe noyer dans l'Opéra que de s'y bruler.

Je ne me laſſe point d'applaudir. Tout ce que vous imaginez, dans quelque genre que ce ſoit, eſt toujours un chef d'œuvre. Votre moyen pour éclairer la Salle ſans odeur, ni fumée, ſe peut à peine concevoir : ce phoſphore, auſſi vif que la lumiere, dont vous enduiſez le devant des Loges, & toutes les autres parties de la Salle, fera croire que l'on eſt dans le Palais du Soleil. Rien ne ſera plus éclatant, & en même-tems plus doux aux yeux, & moins couteux pour l'Opéra. Jamais

on n'a pensé à faire servir à l'utilité &
à l'agrément, ce que les corridors de
nos Spectacles offrent de moins flat-
teur pour l'odorat, & de plus désa-
gréable à la vue. Au moyen de ces
conduits pour hommes & pour femmes que vous distribuez dans toutes
les loges, & qui tous aboutissent au
réservoir commun, on pourra se sou-
lager proprement à l'Opéra. D'ailleurs il n'y aura rien de perdu, la
Citerne que vous faites sous la Salle,
où les liqueurs se réuniront, sera le
magazin de chandelle de l'Opéra.

Votre imagination porte sa fécon-
dité jusqu'au plafond. Ce beau Ciel
bleu, semé d'Etoiles brillantes, est
très bien trouvé. C'est un sujet tout-à-
fait analogue au lieu ; car ce n'est jamais à la lueur du jour que l'on don-
ne nos Spectacles : nos Femmes y per-
droient trop. Ne pouvant pas, comme

les Anciens, les répudier quand leur
fraîcheur se passe, nous sommes assez
galants pour n'aimer à les voir qu'à
la lumiere, afin de leur donner les
moyens de nous paroître plus long-
tems jolies.

Mais vous ferez bien de ne pas
prendre, pour peindre ce plafond, de
ces fameux Peintres de l'Académie,
cela ne finiroit point, & ils vou-
droient, peut-être encore, le mettre
au Sallon.

Les jours de Bal, ces jours où l'hon-
nêteté, la pudeur, la décence pren-
nent les goûts de la débauche, pour
être plus fêtées, seront encore des
jours de triomphe pour vous. Vos Loges en *Domino*, d'où chaque personne
ne pourra parler dans la Salle & voir
sans être vue, sont d'une imagination
tout-à-fait riante. La volupté Orien-
tale, cachée derriere cette mascarade,

mettra la notre bien à l'aise. Quel a-
grément d'avoir , sans sortir du Bal,
de jolies *Chambres garnies* pour les
tête-à-tête & les cadrilles amoureux,
Cela sera bien plus commode que ces
vilains Fiacres qu'il falloit aller cher-
cher sur la Place du Palais Royal , &
dont les coussins durs & mal disposés
maltraitoient le plaisir , au lieu de le
servir.

Un Fat de ma connoissance , a qui
il ne manque pour l'être encore davan-
tage , qu'un nom , de l'esprit & de la
figure , est au comble de la joye , de
savoir qu'il y aura dorénavant des Sé-
crétaires du Bal , qui écriront & ren-
dront publics le lendemain tous les
propos qu'il aura tenus aux jolies Femmes , & toutes les jolies choses qu'elles
lui auront dites pendant le Bal ;
moyennant un leger abonnement pour
tout le Carnaval. Il sera sûrement un

des premiers Soufcripteurs , mais il ne fera pas le feul.

Enfin dans votre projet je ne vois perfonne pour qui vous n'ayez travaillé , aucun goût que vous n'ayez flatté ; malgré cela , la chofe faite , je ne réponds pas que vous ne trouviez des Critiques. Une femme qui n'aura pas été regardée , parceque les deux ou trois années qu'il faut pour bâtir la Salle , lui auront groffi les traits & flétri la peau , ne manquera pas de dire que votre Salle n'eft pas favorable aux femmes. Celle dont la vue fe fera affoiblie par fes incontinentes veilles , dira par-tout qu'on n'y voit pas. Une autre , qui pour conferver quelques veftiges de fes dents , fe fera mis depuis peu du coton dans les oreilles , crira comme une fourde qu'on n'y entend point. Voilà les juges que vos talens annoncés ont à ré-

douter. Mais fi malgré celà les hon-
neurs, les titres & les recompenfes
vous viennent abondamment, croyez
que vous aurez bien fait.

www.ingramcontent.com/pod-product-compliance
Lightning Source LLC
LaVergne TN
LVHW021446060726
842527LV00006B/2092